PIÈCES DÉTAILLÉES

© 2020, Elisa Bligny-Guicheteau,
www.elisa-autrice.com
ISBN 978-2-3222049-6-0

Elisa Bligny-Guicheteau

PIÈCES DÉTAILLÉES

Sept pièces absurdes

« L'existence de la mauvaise foi prouve que la foi n'est pas une croyance forcément bonne. C'est rassurant. »

Jean-Michel Ribes

6 000 signes 7
La stagiaire 15
La Grand-Place 27
La répétition 35
Aux pompes funèbres 47
Une consultation pour rien 63
Au théâtre 71

6 000 SIGNES

Personnages

Elle, *l'éditrice*
Lui, *l'auteur*
Simon, *l'assistant*

Les deux comédiens sont assis, elle derrière le bureau, lui devant. Elle lit un manuscrit.

ELLE *(lève les yeux du texte qu'elle lit).*– Ce n'est pas mal…

LUI *(satisfait).*– N'est-ce pas ?

ELLE.– Il y a de l'idée…

LUI.– Oui, j'ai toujours beaucoup d'idées...

ELLE.– J'ai dit de l'idée, pas beaucoup d'idées.

LUI.– C'est la même chose, non ? Et puis en 6000 signes, difficile de développer beaucoup d'idées.

ELLE.– Vous connaissiez les contraintes avant de proposer votre manuscrit. Une histoire racontée en 6000 signes.

LUI.– Justement, 6000 signes, ce n'est pas énorme. Du coup, il n'y a pas beaucoup d'espace pour les idées, elles sont à l'étroit.

ELLE.– C'était là tout l'intérêt, toute la beauté du défi. Développer un maximum d'idées en un minimum de signes.

LUI.– Il n'a jamais été question d'un maximum d'idées, mais d'une histoire. Une histoire peut ne comporter qu'une idée ou deux… Du moment qu'elles sont originales.

ELLE *(pensive).–* Des idées originales en 6000 signes... Pourquoi pas ? Après tout ? *(Tout haut)* Simon ? Vous êtes là ? Simon ? *(À lui)* C'est mon assistant. Il est aussi membre du comité de lecture et a lu votre manuscrit.

LUI.– Parfait, demandons-lui son avis.

Simon entre en scène et pose des manuscrits sur le bureau.

SIMON.– Voilà, j'ai terminé de lire les derniers manuscrits.

ELLE.– Parfait. Voici M. Urh, qui nous a livré une histoire avec des idées originales. Enfin, d'après lui.

SIMON *(sceptique).–* Ah, Ah !

LUI.– Originales, je l'espère. Enfin, ce que je disais à Madame, c'est que l'originalité doit primer sur la quantité, surtout en 6000 signes. Il n'y a peut-être pas suffisamment de rebondissements dans mon histoire mais, sans me flatter, je la crois intéressante.

SIMON.– Hum Hum… M. Urh, dites-vous ?

ELLE.– Attendez, vous me parliez d'idées originales et maintenant de rebondissements. Il faut être précis. Vous privilégiez le fond ou l'action ?

LUI.– Le fond ou l'action ? Je ne comprends pas. C'est un tout, un ensemble, plein de mots qui s'enchaînent, une histoire quoi !

ELLE.– Des histoires, j'en ai plein les tiroirs. C'est la notion d'originalité qui m'intéresse. Qu'en pensez-vous Simon ?

SIMON.– À la fois intéressant et original. Ce serait la première fois en… Non, ce serait tout simplement la toute première. M. Urh, dites-vous ?

LUI.– Vous vous moquez de moi. La première fois. C'est une excuse pour refuser mon texte. On ne me l'a jamais faite celle-là ! Trop d'originalité… le fond, la forme, tout ça en 6000 signes.

ELLE.– Calmez-vous, il n'y a nulle malice. Il est vrai que nous avons toujours privilégié la quantité. J'aime beaucoup cette notion de profusion.

SIMON.– Surtout en si peu de mots. C'est toute la beauté...

ELLE.– Du défi.

SIMON et ELLE *(se tapant dans les mains).*– Oui, le défi !

ELLE.– 6 000 signes, un sacré défi.

SIMON.– Une idée à vous, madame. *(Il marque une pause)* M. Urh, dites-vous ?

LUI.– Mais qu'avez-vous avec votre… *(imitant Simon)* M. Uhr, dites-vous ?

ELLE.– C'est vrai Simon, quelle mouche vous a piqué ?

SIMON.– La mouche tsé-tsé.

ELLE.– C'est pas du jeu.

SIMON.– Jeu, set et manche.

ELLE.– Cheval de bois.

SIMON.– Dormant.

LUI.– Ça suffit. Nous ne sommes pas là pour jouer.

ELLE.– Vous avez raison, où en étions-nous ?

SIMON.– À la beauté du défi.

ELLE *(enthousiaste)*.– Ah oui ! Le défi.

LUI.– À mon manuscrit, enfin, à vos divagations sur le fond, la forme, l'originalité, en 6 000 signes.

ELLE *(moins gaie)*.– Ah oui, votre manuscrit, M. Urh.

SIMON.– M. Urh, dites-vous ?

LUI.– Oui, M. Uhr, mais qu'avez-vous depuis le début avec mon nom ? URH. Un prétexte à un jeu de mots. Urh, Uranus, Us et coutumes, tu me fatigues…

ELLE.– M. Urh, je vous en prie. Nous sommes une maison sérieuse. Éditeur de père en fille depuis... *(Elle compte sur ses doigts)*... depuis six mois.

SIMON.– M. Urh ? C'est bien ce qui me semblait. Nous avons un problème avec votre texte.

LUI.– Un problème ?

ELLE.– Oui, nous avons un problème. (*Se tournant vers Simon*) Ah ? Lequel ?

SIMON.– Il comporte trop de signes.

ELLE *(à lui)*.– Il comporte trop de signes.

LUI.– Trop de signes ?

SIMON.– Oui, trop de signes. 6 262 exactement. Par rapport à 6 000, c'est plus.

ELLE.– Comment avons-nous pu laisser passer ça ?

LUI.– Et le delta prévu, les 2 % ?

SIMON.– Mais 2 %, ça fait 6 120, pas 6 262.

ELLE.– Effectivement, ce n'est pas pareil. Ça fait 142 signes de plus.

LUI.– Attendez, 142 signes, ce n'est rien. Une phrase ou deux, tout au plus.

ELLE.– Enfin, cela dépend de la longueur de la phrase. Je crois que le record est détenu par Marcel Proust, 1 400 signes, n'est-ce pas Simon ?

SIMON.– 1 470 signes, si ma mémoire est bonne.

LUI.– Vous voyez bien, en comparaison, 142 signes, ce n'est presque rien.

ELLE.– C'est vrai que vu comme ça…

SIMON.– Justement, non. Imaginez que l'idée originale, celle qui fait défaut aux autres manuscrits, soit dans les 142 signes.

LUI.– Comment ça, que l'idée originale soit dans les 142 signes ?

ELLE.– Oui, expliquez-vous Simon.

SIMON.– D'accord. Imaginons que cette idée originale, ce rebondissement, enfin peu importe le nom que nous lui donnons, soit rédigé, développé dans ces 142 signes. Comment justifier de la publication du manuscrit, alors que nous aurions dû le rejeter à cause de ces signes en trop ?

ELLE *(à lui)*.– Il n'a pas tort. Qu'en pensez-vous ?

LUI.– Ce que j'en pense ? Que c'est tout simplement n'importe quoi. Et d'abord, comment sauriez-vous que l'idée originale se trouve dans les 142 signes. Elle peut être parmi les 6000 autres ?

ELLE *(à Simon)*.– C'est vrai. Comment en être sûr ?

SIMON.– Justement, on ne peut pas. On ne peut définir la place de ces 142 signes. Au début, au milieu, à la fin. Insidieusement glissés là où on ne les attend pas. On croit les avoir cernés et pouf, ils glissent à la page d'après, un chapitre plus loin.

LUI.– Ce que vous dites est absurde. Comment pouvez-vous dire que ma ou mes bonnes idées sont dans ces signes en trop ? Pourquoi ne les aurais-je pas décrites dans les 6000 signes réglementaires ? Hein, pourquoi ?

ELLE.– C'est ce que tente de vous expliquer Simon, M. Urh, c'est impossible. Et dans le doute, malheureusement, nous ne pouvons retenir votre manuscrit. N'est-ce pas Simon ?

SIMON.– J'en ai bien peur.

LUI.– C'est l'excuse la plus grotesque que l'on m'ait servie depuis que je propose mes manuscrits. Je ne vous salue pas.

Il sort.

ELLE.– C'est dommage, pour une fois que nous tenions un manuscrit original.

SIMON.– Oui, c'est dommage que M. Urh ne sache pas compter. Mais 6000 ce n'est pas 6142 et encore moins 6262. Et allez savoir où peuvent se nicher les bonnes idées ?

Fin

LA STAGIAIRE

Personnages

Thomas, *agent au Pôle Transit*
Alice, *stagiaire*

Thomas entre en scène, avec une chemise contenant des feuilles. Il s'assied, ouvre son dossier, et allume son ordinateur.

THOMAS *(en tapant sur son clavier)*.– Alors, combien de rendez-vous aujourd'hui ? Waouh, la nuit a été chargée. Eh bien, je ne vais pas chômer encore. *(Il décroche le téléphone et appuie sur une touche)* Oui, Pamela, c'est Thomas au bureau 421, tu pourrais affecter mon rendez-vous de 10 h à quelqu'un d'autre, je voudrais m'avancer un peu… Oui, eh bien, j'ai reçu des tonnes de mails cette nuit, je fais comment pour gérer tous les cas ? Tu me donnes deux heures pour tous les étudier, puis tu me les envoies… Tu es super… Un ange… Quoi ? Oui, je sais, tu n'as que la partie théorique, pas la pratique. Mais j'ai confiance, tu auras ton diplôme, tu es une *winneuse*. *(Il raccroche, et se concentre sur ordinateur)* Alors, voyons… une, deux, trois, sept crises cardiaques… un accident… de car… Eh bien voilà, c'est encore moi qui m'y colle, cinquante d'un coup et c'est pour ma pomme…

Alice entre en scène.

ALICE.– Bonjour.

THOMAS *(sans lever le nez de son écran)*.– Il faut vous présenter à l'accueil.

ALICE.– C'est fait.

THOMAS.– Eh bien, retournez-y et présentez-vous à nouveau. Je ne reçois personne ce matin.

ALICE.– Je ne suis pas là pour être reçue. Je suis votre stagiaire.

THOMAS.– Pardon ? *(Il la dévisage, étonné)* Ce n'est pas possible.

ALICE.– Si, tenez *(elle lui tend un papier)*.

THOMAS *(décroche le téléphone et appuie sur une touche)*.– Pamela, c'est encore Thomas. C'est quoi cette histoire de stagiaire ? Un mail ? Quand ? Hier ! Non, je n'ai rien reçu… C'est ça, tu as dû oublier… et moi, je fais quoi avec cette personne ? Quoi, du monde à l'accueil ? Allô, allô… super, elle a raccroché… *(en parlant au combiné)* je retire ce que j'ai dit, t'es pas une *winneuse*. Même pas fichue de faire correctement son boulot.

ALICE *(qui tient toujours le papier)*.– Vous le prenez ou pas ?

THOMAS.– Écoutez, je n'ai absolument pas de temps à vous consacrer.

ALICE.– Ce n'est pas grave, je ne fais qu'observer.

THOMAS.– Observer quoi ?

ALICE.– Ce que vous faites, ce que vous dites.

THOMAS.– Bon, donnez-moi ça *(il lit le papier)* un stage d'observation de… 3e *(il fixe Alice qui a manifestement plus de 15 ans)*. Quel âge avez-vous ?

ALICE.– En quoi est-ce important ?

THOMAS.– Juste pour savoir combien de fois vous avez redoublé.

ALICE.– Jamais.

THOMAS.– Alors que faites-vous en 3e ?

ALICE.– J'y enseigne le français.

THOMAS.– Et vous en êtes en stage d'observation ?

ALICE.– C'est vrai que c'est un peu étrange. Je me suis aussi posé la question.

THOMAS.– Pas suffisamment, sinon vous ne seriez pas là.

ALICE.– Si, mais, comme lors de mon entretien professionnel, j'ai manifesté le désir de changer de carrière, ça explique peut-être cette convocation pour un stage.

THOMAS.– Et pourquoi ici ?

ALICE.– Je ne sais pas. Je travaille à l'Éducation nationale, où rien n'est improbable ou plutôt si, tout… alors on évite de se poser trop de questions. De toute façon, on n'a jamais les bonnes réponses. Vous savez comment ça se passe. On vous dit : *« On entend bien votre problématique, on a bien conscience que c'est difficile, mais pas de budget… les directives du rectorat… le programme… »* Il suffit qu'entretemps il y ait eu une élection et, hop, on change de ministre, et ils font l'exact opposé de ce que les précédents avaient mis en place ou promis. Et en général, c'est à côté de la plaque. À croire qu'ils n'ont aucune idée de ce que c'est qu'enseigner.

THOMAS.– S'il n'y avait qu'à l'Éducation nationale qu'ils sont à côté de la plaque, comme vous dites... *(Il soupire)* Ici, ce n'est pas mieux.

ALICE.– Quoiqu'il en soit, me voilà.

THOMAS.– Je ne saisis toujours pas pourquoi vous suivez ce stage. Vous devez faire un rapport, j'imagine.

ALICE.– J'imagine.

THOMAS.– Vous n'en êtes pas sûre ?

ALICE.– Est-on jamais sûr de rien ?

THOMAS.– C'est sûr.

ALICE.– Alors, en quoi consiste votre travail ?

THOMAS.– Bon, je veux bien prendre 10 minutes pour vous l'expliquer. *(Il lui tend les objets)* Tenez, une feuille, un stylo…

ALICE.– Ça me rappelle le collège.

THOMAS.– Silence…

ALICE.– Ça aussi me rappelle le… Ok, je me tais.

THOMAS.– Comme vous le savez, vous êtes ici au Pôle Transit.

Alice lève la main.

THOMAS.– Oui ?

ALICE.– Qu'est-ce que le Pôle Transit ?

THOMAS.– Attendez, vous ne savez même pas où vous êtes ?

ALICE.– Euh, non. Je devrais ?

THOMAS.– Normalement, oui, mais dans votre cas... Le Pôle Transit, qui regroupe l'Agence nationale pour l'enfer et l'Agence nationale pour le paradis, est une zone de transit avant la demeure éternelle.

ALICE.– L'Agence nationale pour l'enfer et l'Agence nationale pour le paradis ?

THOMAS.– Il y a plus de dix ans, il existait deux agences. Mais pour de sombres motifs économiques déguisés en prétendue optimisation de compétences, il a été créé une seule et même agence, le Pôle Transit. Moi, par exemple, je travaillais à l'ANPE...

ALICE.– L'Agence nationale pour l'enfer, c'est ça ?

THOMAS.– Exact, et maintenant je me retrouve aussi à gérer l'ANPP.

ALICE.– L'Agence nationale pour le paradis, c'est ça ?

THOMAS.– Exact, mais je n'ai pas la formation pour. Alors, j'improvise, je m'adapte. Et comme on est en sous-effectif, je ne vous raconte pas le bazar. Certains attendent plusieurs semaines avant de connaître leur affectation.

ALICE.– Leur affectation ?

THOMAS.– Oui, l'enfer ou le paradis.

ALICE.– Attendez. Vous voulez dire qu'ici c'est un genre de purgatoire ?

THOMAS.– Non, non, pas un genre, mais LE purgatoire.

ALICE.– Et pourquoi je viendrais faire mon stage d'observation au purgatoire, si tant est que ce lieu existe, ce que je ne crois pas, comme je ne crois pas en Dieu ni au Diable, d'ailleurs ?

THOMAS.– Ce n'est pas une obligation de croire. Tout le monde passe par ici, c'est tout.

ALICE.– Non, mais ça ne m'intéresse pas du tout comme reconversion professionnelle. J'ai besoin de croire en ce que je fais. Annoncer à des gens qu'ils iront en enfer ou au paradis, alors que je n'y crois pas. Je ne serais pas du tout crédible.

THOMAS.– Ce n'est pas une question de crédibilité. Vous pensez vraiment que le sort des gens m'intéresse ? Pas du tout. Qui ils sont, où ils vont… Je m'en moque, c'est un boulot comme un autre. C'est tout.

ALICE.– Comme maître de stage, vous n'êtes pas très motivant, vous savez. Ce n'est pas grâce à vous que le Pôle Transit va recruter.

THOMAS.– De toute façon, ce n'est pas la politique du Pôle Transit. Si les gens pouvaient passer directement du trépas à l'enfer ou au paradis, ça arrangerait bien leurs affaires.

Alice lève la main

THOMAS.– Oui ?

ALICE.– Les affaires de qui ?

THOMAS.– De la direction, enfin plus précisément du PDG.

Alice lève la main

THOMAS *(un peu exaspéré)*.– Oui ?

ALICE.– Vous ne dépendez pas de l'État ? J'aurais pensé que pour une entreprise de cette envergure, un seul homme ne suffirait pas à tout diriger.

THOMAS.– Et qui parle d'un homme ?

ALICE.– Non, vous ne voulez pas dire que… Non, je ne vous crois pas…

THOMAS.– Qu'est-ce que vous ne croyez pas ?

ALICE.– Le PDG, ce n'est pas *(elle remue son index en direction du ciel)*. Mon Dieu, ce n'est pas possible.

THOMAS.– Vous invoquez Dieu à présent. Vous ? N'avez-vous pas affirmé que vous n'y croyiez pas ?

ALICE.– C'est juste une expression. Ce n'est pas possible, le purgatoire, le paradis… Tout ça n'existe pas. Non, ce n'est pas concevable. C'est l'enfer.

THOMAS.– Non, l'enfer, c'est autre chose.

ALICE.– Je sais, c'est juste une expression. Quoique… Vous êtes sûr que je ne suis pas en enfer ?

THOMAS.– Affirmatif. Je travaille ici depuis un certain temps. On pourrait même dire un temps certain, même si le temps, ici, n'a plus vraiment d'importance. Et puis, l'enfer c'est les autres, non ? Vous devez savoir ça, vous la prof de français. Et où voyez-vous « les autres » ?

ALICE.– À part vous ?

THOMAS.– Oui, à part moi, je ne compte pas. Je ne suis pas en transit.

ALICE.– Moi non plus, je suis en stage.

THOMAS.– Mais enfin regardez-vous, vous n'avez plus 15 ans.

ALICE.– Ne soyez pas désagréable.

THOMAS.– Non, mais c'est un fait. Vous n'avez rien d'une lycéenne. Alors, si vous n'êtes pas en stage, c'est que vous êtes… vous êtes…

ALICE.– Je suis quoi ?

THOMAS.– Rappelez-moi votre nom.

ALICE.– Rousseau, Alice Rousseau, mais je ne vois pas en quoi…

THOMAS.– Laissez-moi vérifier *(il fait défiler l'écran de l'ordinateur)*. J'ai trouvé, Alice Rousseau, 9h45 ce matin, crise cardiaque.

ALICE.– Quoi ? Ce n'est pas possible ! Vous devez faire erreur. Montrez-moi ! *(Elle fait le tour du bureau, et regarde sur l'écran ce que Thomas lui montre)* Ce n'est pas possible, je vous dis. Je suis bien là devant vous, en chair et en os.

THOMAS.– C'est ce que beaucoup pensent.

ALICE.– Et puis je ne suis pas cardiaque. Il n'y a même jamais eu de maladies de cœur dans ma famille, c'est bien une preuve.

THOMAS.– Ça ne veut rien dire. Personne n'est à l'abri de ce type d'accident. Et puis c'est mieux que de mourir d'un cancer, brûlé vif, ou encore…

ALICE *(se bouchant les oreilles).*– Arrêtez, vous êtes macabre.

THOMAS.– Non, c'est mon boulot. Vous convaincre que ça aurait pu être pire vous aide à accepter votre… état. C'est la première chose qu'on apprend en formation.

ALICE.– Je vous en prie, faites quelque chose. Je ne veux pas mourir ! Et puis, de toute façon, je ne crois pas à la vie après la mort.

THOMAS.– Qui vous parle de vie ? Et encore une fois, que vous croyiez ou pas ne rentre absolument pas en ligne de compte. J'ai juste à consulter votre dossier où tout est noté, vos actions, vos pensées, vos relations avec les autres, et à vous informer de la suite donnée : paradis ou enfer. De toute façon, vous êtes déjà morte depuis… *(Il consulte sa montre)* 15 minutes... seulement ! On dirait que vous êtes passée devant tout le monde avec votre histoire de stage.

ALICE.– Justement, si je suis passée avant tout le monde, c'est peut-être que mon heure n'est pas encore venue et qu'il ne faut pas attendre que je sois trop morte. *(Elle s'exalte)* Oui, ça doit être ça, sinon comment expliquer ce stage d'observation alors que je suis prof depuis dix ans ? Ce serait absurde.

THOMAS.– Merci de me laisser juge de ce qui est absurde ou pas.

ALICE.– Ça fait aussi partie de votre boulot ?

THOMAS.– Parfaitement. On a parfois affaire à des gens qui feraient ou diraient n'importe quoi pour échapper à leur destin.

ALICE.– Mais ce n'est pas mon cas, je vous jure. Je ne l'ai pas inventée cette convocation de stage. Et puis j'ai mes élèves, ma famille, mes amis, ma vie quoi… Je vous en prie, vous pouvez m'aider.

THOMAS.– Bon, laissez-moi voir… 15 minutes, c'est encore jouable… Je regarde vite fait votre dossier… Oui… Oui… Écoutez, j'ai le droit à un petit pourcentage de retour à la vie… minime, certes, mais existant. Et je veux bien vous en faire profiter.

ALICE.– Vraiment ? Vous êtes adorable *(elle l'embrasse, l'étouffe presque),* merci, merci, merci.

THOMAS.– C'est bon, c'est bon. Je ne suis pas sûr de vous faire une fleur, car on ne sait jamais de quoi sera faite notre vie… Mais comme je vous trouve sympathique. Allez, retournez à l'accueil pendant que je donne des consignes pour qu'on vous laisse repartir.

ALICE.– Encore merci... Je ne connais même pas votre prénom.

THOMAS.– Thomas.

ALICE.– Vous êtes un saint, Thomas.

THOMAS.– Dites, vous êtes sûre que vous n'êtes pas croyante ?

ALICE.– C'est une expression, une simple expression. Au revoir.

Alice sort.

THOMAS *(décroche son téléphone).*– Pamela, c'est Thomas. Tu seras gentille de laisser repartir ma stagiaire… Oui, repartir… Non, son heure n'est pas venue, c'est tout… Eh bien, je m'arrangerai avec le patron. Mon quota de morts par jour ? Ne t'inquiète pas, il me reste le car…

Fin

LA GRAND-PLACE

Personnages

Elle
Lui
L'autre

Elle arrive à pas rapides sur scène et s'arrête. Elle consulte son portable. Lui entre en scène à l'opposé, tranquillement.

ELLE.– Excusez-moi, bonjour.

LUI.– Bonjour.

ELLE.– Je suis un peu perdue. Pourriez-vous me confirmer que nous sommes sur la Grand-Place ?

LUI.– Oui, entre autres.

ELLE.– Entre autres ?

LUI.– Les gens du quartier l'appellent aussi la Place principale.

ELLE.– Aïe, ça ne m'arrange pas.

LUI.– Pourquoi ?

ELLE.– On m'a donné rendez-vous près de la statue de la Grand-Place, à 14 h.

LUI *(en désignant du bras le fond de la scène)*.– Vous avez au moins la statue, c'est déjà un début.

ELLE.– Oui, mais si je ne suis pas à la bonne place, la statue ne m'est pas d'une grande utilité. Surtout qu'on ne m'a pas précisé de quel genre de statue il s'agissait. On m'a juste dit : « Il n'y en a qu'une. »

LUI.– Pas facile de savoir si on est à la bonne place.

ELLE.– Surtout quand il n'y a pas de plaque indiquant le nom de l'endroit où l'on se trouve.

LUI.– Ça n'aide pas, c'est un fait. Mais je parlais de savoir si on est à la bonne place de manière générale.

ELLE *(un peu surprise).*– Ah oui… Finalement, vous n'êtes pas sûr du nom de cette place ?

LUI.– Si bien sûr, c'est la Grand-Place. J'habite juste là *(en désignant l'endroit par lequel il est entré en scène).*

ELLE *(ne semblant pas comprendre).*– Ah d'accord… Je n'avais pas bien saisi où vous vouliez en venir avec « la bonne place de manière générale ».

LUI.– Je ne voulais en venir nulle part, c'était juste un petit aparté. Je suis prof de philosophie, alors je ne peux pas m'empêcher de…

ELLE.– Philosopher.

LUI.– C'est ça. Dites-moi, la personne avec laquelle vous avez rendez-vous habite dans le quartier ?

ELLE.– Je ne sais pas.

LUI.– Vous ne savez pas. Ça ne nous aide pas beaucoup, enfin, surtout vous.

ELLE.– Je suis désolée, je ne voudrais pas vous faire perdre votre temps.

LUI.– Ne vous inquiétez pas, je ne suis pas pressé.

ELLE.– Moi si, et c'est ennuyeux de ne pas savoir où je suis.

LUI *(regarde sa montre).*– Il est 14h05. Vous allez très rapidement savoir si vous êtes à la bonne place.

L'autre entre en scène, il s'arrête, consulte son portable.

LUI.– C'est votre rendez-vous ?

ELLE.– Je ne sais pas.

LUI.– Comment, vous ne savez pas ?

ELLE.– Je n'ai jamais rencontré la personne avec laquelle j'ai rendez-vous.

LUI.– Fichtre, ce n'est pas simple.

ELLE.– Je sais.

LUI.– Si je comprends bien, vous avez rendez-vous près de la statue de la Grand-Place avec quelqu'un que vous ne connaissez pas…

ELLE.– Oui. Et pour résumer, je ne suis pas sûre que ce soit ni la bonne place, ni la bonne statue, ni la bonne personne.

LUI.– Je ne peux décidément pas vous abandonner dans cette situation difficile.

ELLE.– C'est bien aimable de votre part.

LUI.– Essayons de nous renseigner auprès de ce monsieur. *(Il se dirige vers l'autre, elle le suit)* Bonjour. Madame a rendez-vous à 14h avec quelqu'un près de la statue de la Grand-Place.

ELLE.– Mais, comme je disais à monsieur, je ne suis pas sûre que ce soit ni la bonne place, ni la bonne statue, ni que vous soyez la bonne personne.

L'AUTRE.– C'est ennuyeux.

LUI.– N'est-ce pas ?

L'AUTRE *(consulte sa montre)*.– Il n'est que 14h05, elle a peut-être du retard.

ELLE.– C'est possible, tout comme il est possible que je ne sois pas au bon endroit. Comme c'est embêtant.

LUI.– Mais je vous l'ai dit, nous sommes bien sur la Grand-Place, plus exactement place de la Grand-Place.

L'AUTRE.– Alors elle ne devrait plus tarder, sauf…

LUI.– Sauf quoi ?

ELLE.– Oui, quoi ?

L'AUTRE.– Sauf si la personne en question vous attend place Grande.

LUI.– Bon sang ! Je n'y avais pas pensé. C'est pourtant vrai, il existe aussi une place Grande.

ELLE.– Une place Grande ? Mais je n'en savais rien.

L'AUTRE.– Vous auriez pu vous renseigner avant de venir.

LUI.– C'est vrai, déjà que vous n'avez jamais vu la personne avec qui vous avez rendez-vous.

L'AUTRE *(à lui).*– Elle ne l'a jamais vue ? *(Lui fait non de la tête). (À elle)* Sûr que ça ne va pas vous aider.

ELLE.– Vous savez s'il y a une statue sur l'autre place ?

L'AUTRE.– Oui, une grande même.

ELLE.– Et elle est loin cette place ? Je ne connais pas bien la ville.

L'AUTRE.– Assez. Il faut prendre un bus.

LUI.– Je pense que vous pouvez y aller à pied, ce n'est pas si loin.

L'AUTRE.– Croyez-moi, j'en viens. Ce n'est pas la porte à côté, et si vous ne voulez pas rater votre rendez-vous, je vous conseille de prendre le bus. Tenez, il y a le 32 qui arrive. Il vous y déposera en 5 minutes. Vous pourrez y être à… 14h15.

ELLE *(à l'autre).*– Merci. *(À lui)* Et merci à vous aussi pour votre patience. Au revoir *(elle court en faisant un signe au chauffeur de bus)* Attendez, s'il vous plaît ! *(Elle sort de scène)*

LUI.– J'espère qu'elle finira par trouver la personne qu'elle doit rencontrer.

LUI.– J'espère qu'elle finira par trouver la personne qu'elle doit rencontrer.

L'AUTRE.– Espérons, mais ça me paraît compromis. Elle n'a pas l'air vraiment bien équilibrée cette jeune femme.

LUI.– Un peu perdue, sans doute. Bien, je vous laisse. Au revoir.

L'AUTRE.– Au revoir. Une dernière chose, nous sommes bien sur la Grand-Place ?

LUI.– Oui.

L'AUTRE.– Et c'est bien la seule statue ?

LUI.– Oui.

L'AUTRE.– Tant mieux, parce que j'ai un rendez-vous ici et je ne voudrais pas manquer la personne. Nous ne nous sommes jamais rencontrés.

Fin

LA RÉPÉTITION

Personnages

Barman
Comédien 1
Comédien 2
Comédien 3

Le comédien 1 entre en scène. Le barman est debout derrière le comptoir.

COMÉDIEN 1.– Bonjour *(il s'assied à une table et sort son téléphone)*.

BARMAN *(contourne le bar et s'approche de la table)*.– Bonjour, vous désirez ?

COMÉDIEN 1.– Un Perrier rondelle, sans rondelle.

BARMAN.– Et un Perrier !

COMÉDIEN 1.– Non, un Perrier rondelle, sans rondelle.

BARMAN.– Eh bien, un Perrier rondelle, sans rondelle, c'est un Perrier.

COMÉDIEN 1.– Si j'avais voulu un Perrier, j'aurais demandé un Perrier, tandis que là *(il marque une pause, visiblement surpris)*… je voudrais un Perrier rondelle…

BARMAN.– J'ai compris. Je vous l'apporte.

COMÉDIEN 1.– Et sans glaçon, s'il vous plaît !

BARMAN.– Vous voulez quand même un verre ?

COMÉDIEN 1.– Bien sûr, quelle drôle de question !
(Il sort un texte relié de son sac)

BARMAN *(pose le verre et une bouteille sur la table).–* Voilà votre Perrier rondelle, sans rondelle, sans glaçon, mais avec un verre.

COMÉDIEN 1.– Merci.

BARMAN.– De rien. *(Il retourne derrière son comptoir).*

Le comédien 2 entre en scène.

COMÉDIEN 2.– Bonjour *(il s'assied à une table).*

BARMAN *(contourne le bar et s'approche de la table).–* Bonjour, vous désirez ?

COMÉDIEN 2.– J'aimerais un diabolo grenadine, sans grenadine.

BARMAN.– Une limonade, alors ?

COMÉDIEN 2.– Si j'avais voulu une limonade, j'aurais demandé une limonade, tandis que là… *(il marque une pause)*

BARMAN.– Vous voulez un diabolo grenadine, sans grenadine.

COMÉDIEN 2.– Exact.

BARMAN.– Pas de soucis, je vous apporte ça. *(Il retourne derrière son comptoir).*

COMÉDIEN 2.– Vous pourriez me rajouter une rondelle de citron, s'il vous plaît.

BARMAN.– Une rondelle de citron ?

COMÉDIEN 2.– Oui, merci. *(Il sort un texte relié de son sac)*

BARMAN *(pose le verre de limonade et une tranche de citron sur une coupelle).–* Vous auriez peut-être préféré un diabolo citron ?

COMÉDIEN 2.– Si j'avais voulu un diabolo citron, je vous aurais demandé…

BARMAN.– … un diabolo citron, c'est évident. Je ne vois même pas pourquoi je demande. *(Il retourne derrière son comptoir)* C'est vrai ça ! Pourquoi ? *(Il sort un texte relié et le pose sur le comptoir)*

Le comédien 3 entre en scène, tandis que les trois autres sont en train de lire.

COMÉDIEN 3.– Bonjour *(il s'assied à une table).*

Le barman ne bouge pas.

COMÉDIEN 3.– S'il vous plaît !

BARMAN.– Désolé, on ne sert pas de grand café.

COMÉDIEN 3.– Pardon ?

BARMAN.– Je dis, on ne sert pas de grand café.

COMÉDIEN 3.– Mais… mais… vous ne m'avez pas demandé ce que je désirais.

BARMAN *(soupire, contourne le bar et s'approche de la table).–* Bonjour, vous désirez ?

COMÉDIEN 3.– Je voudrais un grand café, s'il vous plaît.

BARMAN.– Désolé, on ne sert pas de grand café. C'est bien pourquoi je vous l'ai dit quand vous êtes entré.

COMÉDIEN 3 *(en prenant à partie les 2 autres)*.– Il était bien censé me demander ce que je désirais avant, non ?

COMÉDIEN 1.– En toute logique, oui.

COMÉDIEN 2.– C'est ce que j'aurais fait si j'avais été le barman.

COMÉDIEN 3 *(au barman)*.– Vous avez bien du café ?

BARMAN.– Oui.

COMÉDIEN 3.– De grandes tasses ?

BARMAN.– Oui, pour le chocolat.

COMÉDIEN 3.– De l'eau chaude ?

BARMAN.– Oui, pour le thé.

COMÉDIEN 3.– Eh bien, vous me mettez du café, dans une grande tasse, avec de l'eau chaude.

BARMAN.– Un café allongé, alors.

COMÉDIEN 3.– C'est la même chose, non ?

BARMAN.– Permettez, un café allongé, c'est un café avec beaucoup d'eau, un grand café, c'est beaucoup de café dans une grande tasse.

COMÉDIEN 3.– Ah, non, ça c'est un café double.

BARMAN.– Vous jouez sur les mots.

COMÉDIEN 2 *(au barman)*.– Tel est pris qui croyait prendre, vous m'avez bien fait la même chose avec mon diabolo grenadine.

COMÉDIEN 1.– Et moi, avec mon Perrier rondelle. *(Il marque une pause)* Vous ne trouvez pas bizarre ce texte ?

Ils se montrent tous respectivement leurs textes.

COMÉDIEN 1.– Après tout, c'est un auteur à succès. Je me suis dit que je ne saisissais pas la subtilité des propos.

COMÉDIEN 2.– Je me suis fait la même réflexion, en apprenant mon rôle. *(Il montre son texte)*

Ils regardent tous leurs textes à nouveau.

BARMAN *(au comédien 3)*.– Je devais créer une rupture, vous inciter à improviser. C'est ce qu'expliquent les didascalies.

COMÉDIEN 3.– C'est pour ça que vous ne m'avez pas demandé de suite ce que je désirais ?

BARMAN.– C'est ce qui est écrit ici. *(Il montre son texte)*

COMÉDIEN 2 *(en comparant son texte et celui du barman)*.– On dirait que nous n'avons pas tout à fait le même texte.

COMÉDIEN 1 *(en comparant son texte et celui du barman)*.– C'est vrai.

COMÉDIEN 3.– Et moi qui ai insisté. Je pensais que vous aviez eu un trou.

COMÉDIEN 1.– J'aurais fait la même chose.

COMÉDIEN 2.– Moi aussi.

BARMAN.– Je n'ai jamais de « trou », sachez-le. Vous n'auriez pas dû insister, et rebondir différemment. C'était l'intention de l'auteur, je pense.

COMÉDIEN 3.– Et rater ma réplique, celle sur le café, la grande tasse, l'eau, etc.

COMÉDIEN 2.– Cela aurait été dommage, elle est plutôt drôle. En tout cas, plus que la mienne, sur le diabolo grenadine.

COMÉDIEN 1.– Moi, j'ai bien aimé la réplique sur la rondelle.

COMÉDIEN 3.– Sur la rondelle ?

COMÉDIEN 1.– Oui, il demande une rondelle de citron avec sa limonade, alors que moi j'avais commandé un Perrier rondelle, sans rondelle.

COMÉDIEN 3.– Ahh, oui !! Et alors ?

COMÉDIEN 1.– Eh bien, c'est un ressort comique, non ? Fondé sur l'absence de logique. *(Au comédien 2)* Comme votre réplique sur le diabolo, qui n'était pas si mal.

BARMAN.– Pardon, mais il y a quand même une certaine logique, puisqu'il m'a rétorqué qu'il n'aurait pas commandé un diabolo grenadine, sans grenadine, s'il avait voulu une limonade.

COMÉDIEN 3.– C'est vrai !!! C'est vrai ?

COMÉDIEN 2.– Moi, je préfère l'aspect comique de répétition. C'est lui qui détermine le rythme de la pièce. C'est très bergsonien.

Tous le regardent, surpris.

COMÉDIEN 2.– J'ai appris ça en conceptualisation de l'art théâtral.

COMÉDIEN 3.– Je ne savais même pas que ça existait comme cours.

COMÉDIEN 1 *(en désignant le texte).*– Je pense surtout que l'auteur ne savait pas trop quoi écrire.

COMÉDIEN 3.– C'est pour ça qu'on ne comprend pas tout.

COMÉDIEN 2 *(au barman).*– Et pourquoi avez-vous un texte différent ?

BARMAN.– Je n'en sais rien. Peut-être parce que j'ai le rôle principal.

COMÉDIEN 3.– Ça n'a aucun rapport.

COMÉDIEN 1.– Et ce serait complètement idiot de ne pas avoir le même texte. *(Il marque une pause)* Avez-vous compté les répliques ?

BARMAN.– Non *(au comédien 2)*, et vous ?

COMÉDIEN 2.– Non *(au comédien 3)*, et vous ?

COMÉDIEN 3.– Non *(au comédien 1)*, et vous ?

COMÉDIEN 1.– Non. Vous voulez qu'on les compte ?

BARMAN.– Ce n'est pas nécessaire. Comme je suis sur scène tout le temps, on peut considérer que j'ai le rôle principal.

COMÉDIEN 1.– Ce n'est pas un argument.

BARMAN.– Pardon, c'est le mien.

COMÉDIEN 2.– Ça n'engage que vous.

BARMAN *(à comédien 3)*.– Et vous voulez un peu de crème avec ?

COMÉDIEN 3.– Pardon ?

BARMAN.– Vous voulez un peu de crème avec votre café double ?

COMÉDIEN 3.– Euh, je ne sais pas.

BARMAN *(lui tendant son texte)*.– Vous ne connaissez pas votre texte, on dirait.

COMÉDIEN 1.– On reprend la répétition ?

COMÉDIEN 2.– Vous auriez pu nous le dire, qu'on se remette dans la peau de notre personnage.

COMÉDIEN 3.– Oui, vous m'avez pris au dépourvu.

COMÉDIEN 1.– Et où est le metteur en scène ? Il devait nous rejoindre rapidement, et il n'est toujours pas là.

BARMAN.– Ça ne nous empêche pas de continuer, nous sommes des professionnels. Enfin, j'espère… Je ne voudrais pas jouer avec des amateurs.

COMÉDIEN 2.– Non, mais pour qui me prenez-vous ? J'ai interprété des grands textes classiques, et mes prestations ont été saluées par plusieurs critiques connus.

BARMAN.– Ah oui ? Lesquels ?

COMÉDIEN 2.– Plusieurs… je ne me souviens de leurs noms, mais ils sont connus et leurs propos étaient très flatteurs.

BARMAN.– Ben voyons !

COMÉDIEN 3.– Moi j'ai surtout joué dans des publicités, mais au lycée j'ai eu un rôle dans *Les Fourberies de Scapin*.

BARMAN.– Dans des publicités ?

COMÉDIEN 3.– Et alors ? Quand on est comédien, même pour des shampooings, on s'investit, on joue avec ses tripes…

COMÉDIEN 1 *(en se moquant, au comédien 2).–* Pas très bergsonien les tripes, n'est-ce pas ?

COMÉDIEN 2.– Détrompez-vous, nous avons là affaire au comique de caractère *(en dévisageant le comédien 3 avec dédain)*, un personnage qui n'est pas complexe, pour ne pas dire simple.

BARMAN *(au comédien 2).–* Vous n'avez pas besoin d'être désagréable avec votre partenaire de jeu.

COMÉDIEN 3.– Je n'aime pas la complexité. Alors, je veux bien être un comique de caractère.

BARMAN *(au comédien 2).–* Je sais ! Vous êtes vexé parce que vous n'avez pas le rôle principal, c'est tout !

COMÉDIEN 2 *(il ramasse ses affaires).–* Vous savez quoi, je vous le laisse votre rôle principal, je vous laisse vos rôles à tous, et je m'en vais. Je suis un comédien, moi. J'interprète de grands textes classiques *(en agitant son texte)*, pas les élucubrations d'un auteur schizophrène.

COMÉDIEN 1.– On va finir par le savoir que vous avez joué des grands classiques.

COMÉDIEN 3.– Je croyais que vous aviez apprécié ma réplique, celle sur le café, la grande tasse, l'eau ?

BARMAN.– Monsieur a interprété des grands classiques, on vous dit. Alors votre histoire de café et de tasse d'eau…

Le comédien 2 sort.

COMÉDIEN 1.– On fait quoi, maintenant ?

COMÉDIEN 3.– Eh bien moi, je vais y aller aussi. *(En regardant sa montre)* Le metteur en scène est en retard, et j'ai un rendez-vous pour un casting. Moi, c'est plutôt la pub qui m'intéresse. Le théâtre, c'est juste pour m'amuser.

BARMAN.– Vous amuser ? Il n'avait peut-être pas tort Bergson !

COMÉDIEN 3.– Allez, salut !

Le comédien 3 sort.

BARMAN.– Il semble qu'il n'y ait plus que nous. Vous voulez qu'on se fasse une petite italienne en attendant le metteur en scène ?

COMÉDIEN 1 *(rassemble ses affaires)*.– Vu que nous ne sommes plus que deux, je ne vois pas trop l'intérêt. Je vais y aller moi aussi, tant pis pour la pièce. Finalement, on dirait bien que vous avez le rôle principal ou, tout du moins, le seul rôle sur scène.

Le comédien 1 sort.

BARMAN.– Amateurs !

Fin

LES POMPES FUNÈBRES

Personnages

Employée des pompes funèbres
Client

Assise à son bureau, l'employée râle tout en saisissant des informations sur un ordinateur.

EMPLOYÉE.– Mais pourquoi je ne peux pas valider ? *(Elle tape à plusieurs reprises sur une touche)* Erreur ? Quoi erreur ? J'ai pourtant tout saisi comme il fallait. Nom, prénom, date de naissance… *(Elle secoue la souris dans tous les sens)*. Mais tu vas valider, oui !!!

Le client entre en scène

CLIENT.– Bonjour.

EMPLOYÉE.– Mais quelle connerie de logiciel ! *(En levant la tête)* Bonjour ! *(Tout en continuant à travailler)* Nom, c'est fait, prénom… Asseyez-vous, je vous prie. J'en ai juste pour une minute… date de naissance, c'est bon. Je valide… mais tu vas valider, oui !!! C'est quoi cet astérisque rouge ?

CLIENT.– Je suis monsieur Coupey, je vous ai appelé avant-hier, pour organiser l'enterrement de ma belle-mère.

EMPLOYÉE.– Bien sûr. Excusez-moi. On vient de nous installer un nouveau logiciel et c'est un peu compliqué.

CLIENT.– Je vous en prie.

EMPLOYÉE.- Vous voulez bien me dire pourquoi ils nous ont changé le logiciel ? L'autre fonctionnait très bien. Mais non, obsolète, il paraît. Tout ça, c'est pour nous refourguer leur matériel. C'est business et compagnie.

CLIENT.- J'imagine qu'ici vous vous y entendez en business, non ?

EMPLOYÉE.- Nous ne faisons pas du business ici, mais de l'accompagnement. *(Elle se lève, solennelle)* J'en profite pour vous présenter toutes mes condoléances, en mon nom et en celui de tout le personnel des pompes funèbres Picard. *(Elle se rassoit)* Nous allons remplir une fiche, pour faire mieux connaissance, si vous le voulez bien.

CLIENT.- Moi je veux bien, je suis même ici pour ça. Enfin, pas pour qu'on fasse mieux connaissance, mais pour l'organisation. C'est surtout à votre logiciel qu'il faut demander, il n'a pas l'air très coopératif.

EMPLOYÉE.- Ah Ah, vous êtes drôle. C'est bien de garder le sens de l'humour dans de telles circonstances.

CLIENT.- C'est mon métier. J'écris des blagues pour les emballages des palmos*, les bonbons rigolos*, vous connaissez ? *(*prononcer « osse »)*

EMPLOYÉE.- Non.

CLIENT *(il lui tend un bonbon).-* Tenez, c'est cadeau.

EMPLOYÉE *(déplie le bonbon, lit la blague, met le bonbon dans sa bouche et retourne à son clavier).–* Alors, nom…

CLIENT.– Coupey. Vous en pensez quoi ?

EMPLOYÉE.– De votre nom ?

CLIENT.– Non, de la blague.

EMPLOYÉE.– Sincèrement ?

CLIENT.– Bien sûr.

EMPLOYÉE.– Non, mais comme vous en êtes en deuil, je ne voudrais pas en rajouter.

CLIENT.– J'ai compris.

EMPLOYÉE.– C'est peut-être moi qui n'ai pas compris. Je ne voulais pas vous vexer.

CLIENT.– Il n'y a pas de mal.

EMPLOYÉE.– Vous êtes sûr ? Peut-être pourriez-vous m'expliquer.

CLIENT.– Non, laissez tomber. Je n'ai pas le cœur à ça. Occupons-nous plutôt des formalités.

EMPLOYÉE.– Bien sûr. Nom de la défunte, s'il vous plaît ?

CLIENT.– Duvauchelle.

EMPLOYÉE.– Prénom ?

CLIENT.– Mireille.

EMPLOYÉE.– Date de naissance ?

CLIENT.– Le 28 avril 1945, à Champigny, département de la Seine.

EMPLOYÉE.– De la Seine ?

CLIENT.– Oui, 75.

EMPLOYÉE.– 75 ? Attendez, Champigny ne peut pas être à Paris, Champigny c'est… Champigny.

CLIENT.– C'est exact, Champigny n'a jamais été à Paris.

EMPLOYÉE.– C'est bien ce qui me semblait. Ce ne serait pas dans les Hauts-de-Seine ?

CLIENT.– Non, dans le Val-de-Marne.

EMPLOYÉE.– Donc pas à Paris.

CLIENT.– Non. Mais jusqu'en 1968, le département de la Seine regroupait plusieurs villes, dont Champigny, et aussi Paris.

EMPLOYÉE.– Jusqu'en 1968 ? Au siècle dernier, donc. Excusez-moi, mais je n'étais pas née en 1968. Et en plus, je viens des Vosges, alors vous imaginez.

CLIENT.– J'imagine quoi ?

EMPLOYÉE.– Eh bien, que je n'étais pas au courant. *(Elle clique sur la souris de l'ordinateur)* C'est déjà assez compliqué avec ce logiciel, ce n'est pas la peine d'en rajouter avec des cours sur l'histoire de France.

CLIENT.– La géographie, c'est plutôt de la géographie.

EMPLOYÉE.– Si vous voulez... Le principal, c'est que tout rentre dans les cases et que je puisse valider.

CLIENT.– Tenez, sa pièce d'identité, ça ira plus vite.

EMPLOYÉE.– Merci. *(En lisant la pièce d'identité)* Mireille Duvauchelle, née le 28 avril 1945, à Champigny, Seine. Domicile, 18, allée Camille-Claudel. Nom de la personne qui déclare le décès ?

CLIENT.– Coupey.

EMPLOYÉE.– Je sais, vous me l'avez déjà dit.

CLIENT.– Bien sûr, mais comme vous le demandiez.

EMPLOYÉE.– Je ne vous le demandais pas, je lisais la question suivante. Date et heure de la mort ? *(Silence)* Date et heure de la mort ?

CLIENT.– Ah pardon ! Le 27 avril à 17h30.

EMPLOYÉE.– La veille de son anniversaire. Quelle tristesse ! Lien de parenté ? *(Le client ne répond pas)* Lien de parenté ?

CLIENT.– Désolé, je pensais encore que vous lisiez juste la question.

EMPLOYÉE.– Et comment je connaîtrais votre lien de parenté ?

CLIENT.– Je ne sais pas.

EMPLOYÉE.– Eh bien, si vous vous y mettez, en plus du logiciel, on n'est pas près de l'enterrer cette dame.

CLIENT.– Mettez beau-fils.

EMPLOYÉE.– Beau-fils… *(pause)* Ah ! Ce n'est pas possible ?

CLIENT.– Comment, ce n'est pas possible ?

EMPLOYÉE.– Je ne l'ai pas dans la liste.

CLIENT.– La liste ?

EMPLOYÉE.– Oui, la liste.

CLIENT.– Quelle liste ?

EMPLOYÉE.– La liste des liens de parenté, vous savez, dans la petite colonne qui s'affiche quand on clique.

CLIENT *(un peu agacé)*.– Oui, le menu déroulant.

EMPLOYÉE.– C'est ça, le menu qu'on déroule… J'ai : épouse, époux, père, mère, fils, fille, oncle, tante, neveu, nièce, cousin, cousin au 1er degré, cousin au 2e degré, parrain, marraine, voisin, voisine…

CLIENT.– Attendez, vous avez voisin et voisine et pas beau-fils ?

EMPLOYÉE.– Non.

CLIENT.– Mais c'est idiot ! Et pourquoi pas facteur ou boulanger ?

EMPLOYÉE *(scrutant la liste)*.– Non, je n'ai pas.

CLIENT.– Bien sûr que vous n'avez pas. C'est n'importe quoi.

EMPLOYÉE.– Vous savez parfois les gens n'ont plus que leur voisin comme proche.

CLIENT.– Peut-être, mais ma belle-mère, elle m'avait moi. Alors, débrouillez-vous pour me trouver une place dans votre liste.

EMPLOYÉE.– Je sais bien que vous vivez une épreuve difficile, mais ce n'est pas une raison pour vous en prendre à moi. Je vous disais bien qu'il était nul ce logiciel.

CLIENT *(en aparté)*.– Je ne sais pas qui est le plus nul des deux. *(Tout haut)* Vous n'avez pas une option « autre » ?

EMPLOYÉE.– Voyons. Si, autre. Je sélectionne. Ah !

CLIENT.– Quoi ?

EMPLOYÉE.– Une autre fenêtre *(elle lit)* Précisez. *(En fronçant les sourcils, perplexe.)* Précisez quoi ?

CLIENT.– Le lien de parenté, j'imagine. Inscrivez beau-fils.

EMPLOYÉE.– Beau-fils. Ah ! Il est écrit que je ne peux pas utiliser de caractères spéciaux.

CLIENT.– Alors inscrivez beau-fils sans tiret.

EMPLOYÉE *(tout en tapant)*.– Il me le souligne en rouge, à mon avis on ne pourra pas valider. On ne peut jamais valider quand il y a une petite ligne rouge comme ça.

CLIENT.– Et si vous inscriviez fils tout simplement. On gagnerait du temps, non ?

EMPLOYÉE.– Mais vous n'êtes pas son fils.

CLIENT.– C'est tout comme.

EMPLOYÉE.– Très bien. Alors, lien de parenté… « fils » tout simplement. Je valide. *(Pause)* Je valide ! Pourquoi « erreur » ?

CLIENT.– Peut-être parce que vous avez écrit « tout simplement ».

EMPLOYÉE.– Je l'ai dit, mais je ne l'ai pas écrit. Je ne suis pas stupide. Ah…

CLIENT.– Quoi ?

EMPLOYÉE.– Il est noté que *« les noms de famille ne correspondent pas. Vérifiez s'il ne s'agit pas d'une erreur »*.

CLIENT.– Ils ne correspondent pas puisqu'elle n'était pas l'épouse officielle de mon père. Ils ont vécu ensemble jusqu'à la mort de mon père, mais ils ne se sont jamais mariés.

EMPLOYÉE.– Vous ne l'aviez pas précisé.

CLIENT.– Je ne pensais que cela pouvait être important.

EMPLOYÉE.– La preuve que si.

CLIENT.– Alors que fait-on ?

EMPLOYÉE.– Qu'est-ce que j'en sais ?

CLIENT.– C'est tout de même vous qui êtes la conseillère funéraire, pas moi.

EMPLOYÉE.– Exactement, je suis conseillère funéraire, pas spécialiste en informatique, et pourtant il faut bien que je remplisse ce fichu formulaire. Je propose qu'on y mette chacun du nôtre.

CLIENT.– Ce n'est tout de même pas ma faute si votre logiciel manque de souplesse.

EMPLOYÉE.– Ce n'est pas la mienne, non plus. Vous croyez que ça m'amuse ?

CLIENT.– Et moi donc, que j'enterre ma belle-mère pour passer le temps ?

EMPLOYÉE.– Désolée, vous avez raison.

CLIENT.– Non, c'est moi qui suis désolé, ce n'est pas votre faute.

EMPLOYÉE.– Mais si, je ne devrais pas m'emporter. Vous êtes en deuil et moi je vous prends la tête avec ce questionnaire débile *(elle clique sur la souris à plusieurs reprises)* et cette page que je ne peux pas valider !

CLIENT.– Vous savez quoi, vous n'avez qu'à inscrire « voisin ». Après tout, je n'habite pas loin de chez elle.

EMPLOYÉE.– Vous croyez qu'on peut considérer que vous étiez voisin ?

CLIENT.– Qui ira vérifier ?

EMPLOYÉE.– Personne. En tout cas, ce n'est pas moi qui vous dénoncerais, du moment que je peux valider la page. Et puis ce n'est pas comme si vous aviez commis un crime. *(Elle marque une pause)* Vous ne l'avez pas tuée au moins ? *(Nouvelle pause)* Je blague, c'est pour détendre l'atmosphère. Alors, j'inscris « voisin ». Ah… il faut préciser votre adresse.

CLIENT.– 25, rue Auguste-Rodin.

EMPLOYÉE.– C'est drôle. Votre belle-mère habitait rue Camille-Claudel et vous, rue Auguste-Rodin. Ils étaient mariés, non ? J'ai vu un film sur eux.

CLIENT.– Ils étaient surtout des artistes de génie, et accessoirement amants.

EMPLOYÉE.– C'est pareil. En tout cas, ils se disputaient souvent dans le film. Si vous voulez mon avis…

CLIENT.– Non, merci. Je veux juste qu'on en finisse.

EMPLOYÉE.– C'est comme si c'était fait. Ah…

CLIENT *(il s'impatiente)*.– Quoi encore ?

EMPLOYÉE.– Il est noté que *« pour être considéré comme voisin, il faut résider dans la même rue ou dans une rue perpendiculaire ».*

CLIENT.– Vous vous moquez de moi ?!

EMPLOYÉE.– Ce n'est pas de ma faute, c'est ce qu'il y a d'écrit.

CLIENT.– Ça devient grotesque. Je ne peux être ni son beau-fils, ni son fils, ni son voisin. Il faut bien l'enterrer pourtant la pauvre.

EMPLOYÉE.– Il n'y a pas quelqu'un qui pourrait s'occuper des formalités ? Elle n'a pas d'autre famille ?

CLIENT.– Si, elle a un neveu.

EMPLOYÉE.– Un neveu, c'est bien ça un neveu. C'est dans le menu qu'on déroule.

CLIENT.– Oui, mais il habite en Australie. Votre demande ne rime à rien.

EMPLOYÉE.– Un neveu, ce serait quand même plus simple…

CLIENT.– Parce que vous trouvez plus simple d'avoir affaire à une personne qui habite à 15 000 kilomètres, plutôt qu'à moi qui suis en face de vous ?

EMPLOYÉE.– Le plus simple serait que vous habitiez rue Camille-Claudel.

CLIENT.– Désolé, mais je ne compte pas déménager pour entrer dans les cases de votre logiciel débile.

EMPLOYÉE.– Nous aurions moins de problèmes si Camille Claudel et Auguste Rodin ne s'étaient pas sans cesse disputés. Mais qui sommes-nous pour réécrire les histoires d'amour. Surtout qu'ils ont déjà fait le film.

CLIENT.– Je ne vous suis plus. Quel est le rapport entre cette maudite fiche à remplir et le couple que formaient Claudel et Rodin ?

EMPLOYÉE.– Justement, ils ne formaient pas un vrai couple. S'ils s'étaient mieux entendus au lieu de se disputer sans cesse, ils se seraient mariés.

CLIENT.– Je ne vois toujours pas le rapport.

EMPLOYÉE.– C'est pourtant évident. S'ils s'étaient mariés, il aurait eu une rue Camille-et-Auguste-Rodin, comme Pierre-et-Marie-Curie.

CLIENT.– C'est évident.

EMPLOYÉE.– Ou au moins, on aurait donné leurs noms à des rues toutes proches. Comme ça, votre belle-mère et vous auriez été voisins.

CLIENT.– Vous êtes en train de me dire que si on ne peut pas valider cette « page », c'est parce que Camille Claudel et Rodin vivaient une relation passionnelle et tourmentée ? Je ne vois pas pourquoi je n'y ai pas pensé avant. Ah si, je sais… Peut-être parce que c'est complètement stupide comme raisonnement.

EMPLOYÉE.– Au contraire, c'est tout à fait… Ah…

CLIENT.– Ne me dites rien, je ne veux rien savoir.

EMPLOYÉE.– Je n'y crois pas, la page a été validée.

CLIENT.– Vraiment ?

EMPLOYÉE.– Oui, je ne sais pas pourquoi, mais c'est validé.

CLIENT.– Parfait, continuons.

EMPLOYÉE.– Passons à l'organisation en elle-même, voulez-vous. Les soins, la cérémonie, les fleurs, le livre d'or…

CLIENT.– Le livre d'or ?

EMPLOYÉE.– Oui, c'est une idée à moi. Nous mettons à disposition un livre dans lequel chacun peut partager un souvenir, écrire une pensée, puis nous l'enterrons avec la personne. C'est une attention qui plaît beaucoup, vous savez.

CLIENT.– Ce ne sera pas utile ; à moins qu'on puisse le brûler avec ma belle-mère. Elle souhaitait se faire incinérer.

EMPLOYÉE.– Ah, Ah…

CLIENT.– Ah non, ça ne va pas recommencer.

EMPLOYÉE.– C'est que…

CLIENT.– Quoi ?

EMPLOYÉE.– Pour l'incinération, ce n'est pas le même formulaire.

CLIENT.– Comment ça « le même formulaire » ? Il n'y a pas qu'un seul formulaire, avec différentes options ?

EMPLOYÉE.– Non. Vous auriez dû le préciser dès le départ. Maintenant, il faut remplir une nouvelle fiche.

CLIENT.– Mais vous ne m'avez rien demandé. Comment j'aurais pu le savoir ?

EMPLOYÉE.– Quand je vous disais que ce logiciel était nul. Vous me croyez, maintenant ? Alors, nom ?

CLIENT.– Écoutez, vous n'avez pas juste un bloc-notes, un stylo, un catalogue avec des modèles d'urnes. Vous me faites un devis sur une feuille, je vous fais un chèque d'acompte et on n'en parle plus. Là, je sature.

EMPLOYÉE.– Un chèque ? Vous rigolez ! On vient juste de nous installer un logiciel de facturation avec un terminal pour cartes bancaires. Je n'ai pas suivi une demi-journée de formation pour qu'on me fasse des chèques. Il faut juste que je retrouve la notice d'utilisation.

CLIENT.– Vous savez quoi ? Laissez tomber. *(Il se lève)* Je vais creuser un trou dans mon jardin et y enterrer ma belle-mère *(Il sort.)*

EMPLOYÉE.– Ce n'est pas légal, je vous préviens. *(Elle fouille dans son tiroir.)* Qu'est-ce que j'ai bien pu faire de cette notice ?

Fin

UNE CONSULTATION POUR RIEN

Personnages

Le médecin
Le patient

Le patient entre en scène, où le médecin l'accueille, près de la porte.

MÉDECIN.– Bonjour, M. Dumas.

PATIENT.– Bonjour, docteur Delamarre.

MÉDECIN.– Je vous en prie, M. Dumas, asseyez-vous.

PATIENT.– Merci.

MÉDECIN.– Ça fait longtemps que nous ne nous sommes vus. Alors, que se passe-t-il ?

PATIENT.– Rien, pourquoi ?

MÉDECIN.– Eh bien, si vous êtes là, c'est que quelque chose ne doit pas aller.

PATIENT.– C'est pourtant vrai.

MÉDECIN.– Vous ne vous sentez pas bien ?

PATIENT.– Si, enfin, je crois. Mais vous avez raison. Si je suis là, c'est que je dois être malade.

MÉDECIN.– Vous avez mal quelque part ?

PATIENT.– Pas vraiment. J'ai bien une petite douleur en bas du dos, là *(il désigne l'emplacement),* mais rien d'insupportable. C'est embêtant de ne pas me souvenir pourquoi je suis venu vous consulter.

MÉDECIN.– Nous allons essayer de le découvrir, que vous ne soyez pas venu pour rien, et que vous ne repartiez pas sans rien, si vous avez quelque chose. Alors, dites-moi, vous avez fait quoi ou mangé quoi, ce matin ?

PATIENT.– Maintenant que vous en parlez, il m'est arrivé une chose étrange ce matin. Je prenais mon petit déjeuner avec ma femme…

MÉDECIN.– J'ignorais que vous aviez une femme.

PATIENT.– Moi aussi, figurez-vous, mais il semble que ce soit le cas.

MÉDECIN.– Eh bien, ce n'est pas rien ça ! Et vraiment, vous ne vous en souveniez pas ?

PATIENT.– J'avais bien quelques soupçons, trois fois rien, mais quand même. Des cheveux longs et roux dans le lavabo, des chaussures à talons hauts dans l'entrée, un bâton de rouge à lèvres rouge cerise posé sur la table basse.

MÉDECIN.– Rouge cerise ?

PATIENT.– Si je devais porter du rouge à lèvres, ce ne serait certainement pas de cette couleur. C'est affreusement voyant ! Dans tous les cas, ça ne pouvait pas être à moi.

MÉDECIN.– Vous ne vous êtes pas travesti récemment ? Vous n'êtes jamais allé au carnaval de Dunkerque ou à celui de Rio ?

PATIENT.– Non, jamais. Il y a quelques années, à celui de Venise, mais j'étais costumé en Casanova.

MÉDECIN.– Il est certain que Casanova ne devait pas mettre de rouge à lèvres. Quoique ! *(Il marque une pause)* Vous êtes peut-être victime d'une amnésie temporaire ?

PATIENT.– C'est grave, docteur ?

MÉDECIN.– Si c'est temporaire, je ne pense pas. Voyez ça comme une occasion de mettre les choses à plat, de faire le point.

PATIENT.– Faire le point sur ce dont je ne me souviens pas ? C'est déjà compliqué quand on se souvient de tout, alors un point sur rien, ça me semble hasardeux et peu efficace.

MÉDECIN.– Dites, c'est vous ou moi le médecin ?

PATIENT.– Désolé. N'empêche, un point sur rien.

MÉDECIN.– C'est juste un point. Vous pouvez essayer de le faire sur quelque chose si vous préférez, sur tout ce que vous voulez.

PATIENT.– Ce serait un point sur tout, alors ? Ça me paraît plus cohérent comme ça.

MÉDECIN.– Eh bien, tant mieux. Nous avançons. Et à part cette femme mystérieuse, vous n'avez rien d'autre à me signaler ? Rien de notable ?

PATIENT.– Difficile à dire. Je ne sais pas ce dont je dois me souvenir ou ce qui s'est passé avant mon amnésie temporaire. Car, par définition, j'ai perdu totalement ou partiellement la mémoire.

MÉDECIN.– Je vous arrête. Il s'agit d'un diagnostic possible, pas avéré. Ce n'est pas une certitude.

PATIENT.– Si vous n'êtes sûr de rien, comment pourrais-je l'être ?

MÉDECIN.– Reprenons le fil, voulez-vous ? Rien ne nous dit que nous n'arriverons pas à élucider ce mystère. Qu'avez-vous fait après le petit déjeuner ?

PATIENT.– Ma femme est partie travailler. Elle m'a dit à ce soir, m'a embrassé. Elle sent très bon. Si je dois être marié, autant que ce soit avec une femme qui sent la fleur d'oranger, n'est-ce pas ?

MÉDECIN.– C'est sûr. Et vous ?

PATIENT.– Moi, je ne sens pas la fleur d'oranger. Je porte du patchouli. J'aime beaucoup le patchouli.

MÉDECIN.– Ce n'est pas un peu fort ?

PATIENT.– Non *(il se lève et s'approche du médecin)*, sentez !

MÉDECIN.– C'est agréable, un rien entêtant, peut-être. Mais ce n'est pas ce que je vous demandais. Je voulais savoir si, de votre côté, vous étiez sorti ?

PATIENT.– Oui, je suis allé à la poste chercher un colis, enfin deux.

MÉDECIN.– Et qu'y avait-il dans ces colis ?

PATIENT.– Dans le premier des tubes de gouache, des pastels, des fusains aussi, il me semble. Et dans l'autre, des aiguilles à tricoter en bambou, je crois.

MÉDECIN.– Vous peignez ?

PATIENT.– Non.

MÉDECIN.– Et votre femme ?

PATIENT.– Il y a plusieurs tableaux accrochés dans la maison, plutôt réussis d'ailleurs. Et quand elle tenait sa tasse ce matin, j'ai remarqué qu'elle avait des traces rouges sur les doigts. Ce doit être elle qui peint. Mais je ne m'explique pas les aiguilles.

MÉDECIN.– Elle tricote peut-être aussi. Ou bien elle s'en sert pour maintenir ses cheveux, un peu comme les geishas, vous voyez ? C'est une artiste après tout.

PATIENT.– Je vois bien, mais si elle se piquait des aiguilles en bambou dans les cheveux, je m'en souviendrais.

MÉDECIN.– Permettez, il semble que vous ne vous souveniez de rien aujourd'hui.

PATIENT.– Je me souviens que j'ai une femme, qu'elle peint, que je ne suis jamais allé au carnaval de Dunkerque ni à celui de Rio. Pas mal pour un amnésique, non ?

MÉDECIN.– Oui et non, car je vous rappelle qu'en arrivant vous ne vous rappeliez pas être marié. Mais nous progressons. Et après la poste ?

PATIENT.– Après la poste, j'ai fait quelques courses, « il n'y a plus rien dans le frigo », m'avait dit la femme rousse en partant, et je suis rentré.

MÉDECIN.– Vous ne travaillez pas ?

PATIENT.– Pas aujourd'hui, non.

MÉDECIN.– Et vous vous souvenez quelle profession vous exercez ?

PATIENT.– Oui, je suis docteur.

MÉDECIN.– Docteur ? Quelle drôle de coïncidence ! Et quelle est votre spécialité ?

PATIENT.– La psychiatrie.

MÉDECIN.– La psychiatrie. On peut dire que c'est un heureux hasard.

PATIENT.– Vous parliez d'une coïncidence.

MÉDECIN.– Eh bien, disons que c'est une heureuse coïncidence alors. Vous accepteriez qu'on discute d'un cas ? C'est l'un de mes patients qui me pose problème.

PATIENT.– Volontiers, comme ça je ne serais pas venu pour rien, si jamais on ne trouve pas de quoi je souffre.

MÉDECIN.– Je me demande si je dois l'envoyer consulter un psychiatre. Vous pourriez me conseiller.

PATIENT.– Je vous en prie, si je peux vous aider, c'est avec plaisir. Dites-moi tout, enfin tout ce que le secret professionnel vous autorise à raconter.

MÉDECIN.– Ce monsieur se prend pour un médecin et, à chacune de ses visites, il croit que c'est lui qui donne une consultation. Vous pensez qu'il s'agit d'un dédoublement de personnalité, d'un trouble de personnalités multiples ou d'autre chose ?

PATIENT.– Le dédoublement de personnalité est une maladie assez rare et difficilement explicable. La personne concernée n'est pas à même de reconnaître sa maladie, et rarement disposée à suivre une thérapie. Difficile de me prononcer sans m'être entretenu avec votre patient. Mais si cela peut vous rendre service, je veux bien le recevoir.

MÉDECIN.– C'est bien aimable de votre part. L'avis d'un spécialiste serait le bienvenu.

PATIENT.– Pas de soucis. (*Il sort une carte de visite.*) Donnez-lui ma carte et demandez-lui de contacter mon secrétariat. Je donnerai des consignes pour qu'il obtienne un rendez-vous dans les plus brefs délais.

MÉDECIN.– C'est vraiment très gentil de votre part, docteur.

PATIENT.– Mais je vous en prie. *(Il se lève)* Et surtout, n'hésitez pas à me rappeler si vous avez des doutes ou si ça ne va pas mieux.

MÉDECIN *(se lève aussi)*.– Je n'y manquerai pas. Merci encore docteur.

PATIENT.– À bientôt.

MÉDECIN.– Au moins, je ne suis pas venu pour rien. À bientôt docteur.

PATIENT.– À bientôt, M. Delamarre.

Le médecin sort et le patient retourne s'asseoir derrière le bureau

Fin

AU THÉÂTRE

Personnages

Laure
Félix
Anna

Trois personnes sont assises côte à côte, face au public. Anna lit un magazine, Laure consulte son téléphone portable et Félix attend. Il est assis entre les deux femmes.

LAURE *(à Félix, à voix basse)*.– Ça ne devait pas commencer à 20h ?

FÉLIX.– Si, mais on dirait qu'ils sont en retard.

LAURE *(en se retournant)* – Il n'y a pas beaucoup de monde.

FÉLIX.– Parfait. Je n'aime pas quand il y a trop de monde. Il y en a toujours qui rient à contretemps ou qui ne peuvent s'empêcher de faire des commentaires à voix haute.

LAURE.– Ce n'est pas bon signe, quand même. Peut-être que la pièce n'est pas terrible.

ANNA *(sans lever le nez de son magazine)*.– Effectivement, la critique n'est pas très bonne.

LAURE *(à Félix)*.– Tu entends ?

FÉLIX.– Si je t'écoutais, nous n'irions jamais au théâtre.

LAURE.– Ce n'est pas vrai. C'est juste que tu ne me laisses jamais le choix de la pièce.

FÉLIX.– Et tu ne te demandes pas pourquoi ?

LAURE *(à Anna)*.– Pardonnez mon indiscrétion, mais pourquoi êtes-vous venue, si la critique de la pièce n'est pas bonne ?

ANNA *(à Laure)*.– Je me méfie des critiques. Je préfère me faire ma propre opinion.

FÉLIX.– En tout cas, la critique était assez élogieuse dans le *Théâtrama* de la semaine dernière. C'était même leur coup de cœur !

ANNA.– Ce n'est pas forcément une référence.

LAURE.– Pour mon mari, si.

ANNA.– Moi, je les trouve un peu trop élitistes et un peu snobs.

FÉLIX.– Élitistes ? Permettez, leurs analyses sont pertinentes, au contraire. Et puis, le propre de la culture est d'instruire, d'amener à penser. Et ça se mérite, il faut faire un effort.

ANNA *(pas convaincue)*.– Si vous le dites.

LAURE.– Pour moi, la culture se doit de distraire, elle en a le devoir, même.

FÉLIX.– Tu comprends pourquoi ce n'est pas toi qui choisis les pièces qu'on va voir.

LAURE *(à Anna)*.– Vous en pensez quoi vous, du rôle de la culture ?

FÉLIX *(à Laure)*.– Tu veux peut-être qu'on change de place ? Comme ça, vous pourrez discuter.

ANNA.– Ne vous donnez pas cette peine, j'ai mon magazine *(elle se replonge dans sa lecture)*.

Félix lit le programme tandis que Laure consulte son portable.

ANNA *(à Laure)*.– Mais je suis assez d'accord avec vous. Chacun doit pouvoir trouver ce qu'il cherche dans la culture, que ce soit au théâtre, au cinéma, ou dans la peinture, la littérature, la photo…

FÉLIX.– Si vous voulez mon avis, il y en a qui ne doivent pas chercher beaucoup.

LAURE.– Tout de suite les grandes théories. Nous échangions juste quelques propos avant que la pièce commence.

Silence. Laure consulte son portable.

FÉLIX.– Tu devrais l'éteindre.

LAURE.– Je l'éteindrai quand la pièce commencera. J'envoie un message au baby-sitter.

FÉLIX *(regarde sa montre)*.– Il est vrai que ça commence à faire long. Quelqu'un pourrait au moins nous informer. Ah ! On dirait que le rideau bouge. Non… fausse alerte.

LAURE *(tout en continuant à saisir le SMS)*.– J'espère que ce n'est pas encore une de ces pièces contemporaines auxquelles on ne comprend rien.

ANNA *(caustique, sans lever le nez de son journal)*.– Rassurez-vous, il y a une bonne critique dans *Théâtrama*.

LAURE.– Justement, ça ne me rassure pas vraiment.

FÉLIX.– Je ne t'ai pas forcée. Il ne fallait pas venir, si ça ne t'intéresse pas.

LAURE.– Encore aurait-il fallu que je sache de quoi la pièce parle. Mais, comme d'habitude, tu m'as dit : *« c'est une surprise, tu verras »* et, en attendant, on ne voit rien.

ANNA.– Je n'aime pas trop assister à une pièce sans en connaître l'intrigue. J'ai l'impression d'être prise en otage.

LAURE *(en regardant Félix).*– Moi aussi, ça me donne cette impression.

FÉLIX.– Eh bien, tu n'avais qu'à rester à la maison. Nous aurions fait l'économie d'un baby-sitter.

LAURE.– Et empêcher ce pauvre garçon de gagner de l'argent pour financer ses études. Belle mentalité. Je te reconnais bien là.

FÉLIX.– Comment ça ?

LAURE.– Simplement que pour quelqu'un qui a les moyens, je te trouve bien mesquin.

FÉLIX.– Je ne suis pas mesquin, je n'aime pas les dépenses inutiles, c'est tout.

LAURE.– Parce que tu trouves inutile d'aider ce jeune homme méritant à poursuivre ses études ?

FÉLIX.– Il faut toujours que tu exagères.

ANNA.– Elle n'a pas tort, vous savez. Il est bien connu que la plupart des étudiants ont à peine de quoi se payer une boîte de raviolis par jour.

LAURE *(à Félix)*.– Et toi, tu voudrais les en priver.

FÉLIX.– Tu dis n'importe quoi. *(À Anna)* Et vous aussi.

LAURE.– Et si j'étais restée à la maison, tu m'aurais reproché de ne jamais vouloir sortir.

FÉLIX *(un peu impatient)*.– Je ne te reproche pas de ne pas vouloir sortir. Je te reproche ton peu d'enthousiasme quand je te propose une sortie culturelle. C'est différent.

ANNA.– L'enthousiasme, il faut savoir le susciter.

LAURE.– Parfaitement.

FÉLIX *(à Anna)*.– Vous pourriez éviter de vous mêler de notre conversation, s'il vous plaît.

ANNA.– Moi, ce que j'en dis.

FÉLIX.– Eh bien, n'en dites rien alors.

LAURE *(à Félix)*.– Félix, ne sois pas désagréable.

FÉLIX.– Je ne suis pas désagréable, c'est juste que… Laisse tomber !

Silence

LAURE *(à Anna)*.– Dites, vous allez souvent au théâtre, vous ?

ANNA.– Une fois par mois environ. J'ai reçu une carte d'abonnement comme cadeau d'anniversaire.

LAURE.– En cadeau ? C'est une bonne idée. *(À Félix)* Tu entends, Félix ?

FÉLIX.– Difficile de faire autrement, je vous capte en stéréo. J'aurais bien voulu voir ta tête si je t'avais offert un abonnement au théâtre. Une poule devant un couteau.

ANNA.– C'est pourtant une bonne manière de susciter l'envie et l'enthousiasme.

FÉLIX.– Permettez, je connais suffisamment ma femme pour savoir que ça ne lui aurait pas fait plaisir.

LAURE.– Qu'est-ce que tu en sais ?

FÉLIX.– Ça t'aurait fait plaisir ? Vraiment ?

LAURE *(hésitante)*.– Je ne crois pas.

FÉLIX.– Alors ?

LAURE.– Alors, c'est juste que j'en ai marre que tu penses à ma place, que tu décides à ma place, que tu choisisses à ma place.

ANNA.– C'est assez insupportable, vous avez raison. J'en sais quelque chose, hélas.

FÉLIX *(à Anna)*.– Si vous pouviez garder vos remarques pour vous. *(À Laure)* Et d'abord, je ne pense pas à ta place pour la bonne raison que je ne voudrais pas être dans ta tête.

LAURE *(à Anna)*.– Vous au moins, vous avez eu la bonne idée de venir seule. Comme ça, vous êtes tranquille.

ANNA.– Si on veut.

LAURE *(à Félix)*.– Et d'abord, qu'est-ce que tu entends par « ne pas être dans ta tête » ?

FÉLIX.– Simplement, que rien n'est jamais simple avec toi. Il faut toujours que tu cherches la petite bête. On ne peut jamais sortir sans que tu trouves à redire : « la pièce n'est pas drôle », « l'artiste est nul », « où il a appris la sculpture celui-là ? », « je faisais de plus belles photos avec mon appareil jetable »…

LAURE.– Ce n'est pas de ma faute si tu me traînes toujours dans des expos d'artistes bizarres, ou si tu m'emmènes assister aux pièces les plus incompréhensibles ou les plus débiles. Comme si, à chaque fois, tu voulais me ridiculiser

FÉLIX.– Tu n'as pas besoin de moi pour ça. Tu te débrouilles très bien. Et puis tu sais quoi ? Tu me fatigues. *(Il lui jette un trousseau de clés sur les genoux)*. Tiens, voilà les clés de la voiture, je rentre en métro. *(Il se lève)* Et ne t'inquiète pas, je paierai le baby-sitter.

LAURE.– Mais tu sais très bien que je n'aime pas conduire dans Paris.

FÉLIX.– Tu feras un effort, pour une fois. *(Il passe devant elle)* Salut.

Silence

ANNA.– Au moins, il vous a dit au revoir. Mon mari m'a plantée il y a une demi-heure sans me saluer.

LAURE.– Vous aussi ? Décidément, je ne la sentais pas cette pièce. Et elle s'appelle comment, que je puisse déconseiller à mes amis ce coup de cœur de *Théatrama* ?

ANNA *(lui tend le programme)*.– Tenez.

LAURE *(en lisant)*.– *Scènes de ménage, une pièce dont vous êtes le héros.* C'est nul comme titre, je m'en doutais.

Fin

© 2020, Elisa Bligny-Guicheteau,
www.elisa-autrice.com
Édition : BoD – Books on Demand, 12/14 rond-point
des Champs-Élysées, 75008 Paris
Impression : BoD – Books on Demand,
Norderstedt, Allemagne

ISBN 978-2-3222049-6-0

Dépôt légal : mai 2020